어느 날, 스님이 정승댁 아들을 보고
혀를 끌끌 차요.
귀하게만 자라서 오래 살지 못할 거라면서요.
이런 고생 저런 고생 다하는 거지로 살아야만
오래 살 수 있다는데…….
두고도거지가 된 정승댁 아들이
힘든 일들을 잘 견뎌 낼 수 있을까요?

추천 감수_ 김병규

대구교육대학을 졸업하고 한국일보 신춘문예에 동화가, 중앙일보 신춘문예에 희곡이 당선되면서 작품 활동을 시작했습니다. 대한민국문학상, 소천아동문학상, 해강아동문학상 등을 수상했으며, 현재 소년한국일보 편집국장으로 재직 중입니다. 쓴 책으로 〈나무는 왜 겨울에 옷을 벗는가〉, 〈푸렁별에서 온 손님〉, 〈그림 속의 파란 단추〉 등이 있습니다.

추천 감수_ 배익천

경북 영양에서 태어났습니다. 1974년 한국일보 신춘문예에 동화가 당선되었고, 〈마음을 찍는 발자국〉, 〈눈사람의 휘파람〉, 〈냉이꽃〉, 〈은빛 날개의 가슴〉 등의 동화집을 펴냈습니다. 한국아동문학상, 대한민국문학상, 세종아동문학상 등을 받았으며, 현재 부산 MBC에서 발행하는 〈어린이문예〉 편집주간으로 일하고 있습니다.

글 _ 홍혜경

한국교원대학교에서 역사를 공부했습니다. 출판사 몇 곳에서 편집자로 일하며 어린이, 청소년을 위한 책을 만들었고, 교육 관련 웹사이트 기획자로도 일했습니다. 지금은 청소년 성교육 상담소에서 일하며 글을 쓰고 있습니다. 작품으로 〈도깨비가 원하는 맛〉 등이 있습니다.

그림 _ 조윤이

대학교에서 회화를 전공했고, 현재 일러스트레이터로 활동하고 있습니다. 작품으로 〈석가모니〉, 〈생일파티 대작전〉, 〈손에 잡히는 사회〉, 〈똥을 왜 버려요〉, 〈누가 인형의 남편일까?〉, 〈알에서 태어난 왕이 있다고?〉 등이 있습니다. 어린이와 같은 순수한 마음으로 감동과 지식이 담긴 그림책을 만들기 위해 즐겁게 작업하고 있습니다.

말랑말랑 우리전래동화 **29** 모험과 도전 두고도 거지

발 행 인 박희철
발 행 처 한국헤밍웨이
출판등록 제406-2013-000056호
주   소 경기도 성남시 분당구 금곡동 444-148
대표전화 031-715-7722
팩   스 031-786-1100
편   집 이영혜, 이승희, 최부옥, 김지균, 송정호
디 자 인 조수진, 우지영, 성지현, 선우소연
사진제공 이미지클릭, 연합포토, 중앙포토

△ 주의 : 본 교재를 던지거나 떨어뜨리면 다칠 우려가 있으니 주의하십시오.
　　　　고온 다습한 장소나 직사광선이 닿는 장소에는 보관을 피해 주십시오.

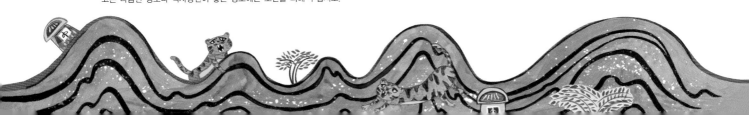

두고도 거지

글 홍혜경 그림 조윤이

한국헤밍웨이

옛날 옛날에 아주 늦게 아들을 둔
정승 대감이 있었어.
"하나밖에 없는 아들 귀하게 키워야지."
대감과 부인은 맛난 것만 골라 먹이고,
좋은 옷만 입히면서 아들을 고이고이 키웠지.
아들은 쑥쑥 자라 키가 훌쩍 큰 아이가 되었어.

그러던 어느 날, 스님이 정승댁에 찾아왔어.
"시주 좀 해 주십시오!"
그런데 스님이 마당에서 놀고 있는
아들을 보더니 갑자기 혀를 끌끌 차는 거야.
"쯧쯧, 불쌍하다! 불쌍해!"
정승 부인이 어리둥절해서 물어봤어.
"스님, 왜 그러십니까?"
"이 아이는 앞으로 몇 달 못 살 것이오."

정승 부인은 너무 놀라 눈물만 뚝뚝 흘렸어.
"아이고, 그럼 어떻게 해야 합니까?"
"여기저기 돌아다니며 고생을 하면
오래 살 수 있을 것입니다."
정승 부인은 금으로 수놓은 비단옷 한 벌을
아들에게 들려 주며 말했어.
"스님을 따라 떠나거라."
아들은 눈물을 흘리며 스님을 따라갔어.

11

12

산속 절에 온 스님은
아들에게 누덕누덕 기운 옷을 입혔어.
"쯧쯧, 온갖 것을 다 가지고도
거지로 살아야 하니
너를 '두고도거지'라고 부르마."
아들은 그날부터 일어나면 밭에 거름을 주고,
하루 종일 뚝딱뚝딱 나무하고,
밥 짓고 빨래하며 쉴 틈 없이 일했어.

13

어느 날은 두고도거지가 지쳐서 누워 있자,
스님이 옆에 와서 이를 잡아 주었어.
두고도거지는 잠이 솔솔 와서 눈을 감았지.
그 순간, 잠결인지 꿈결인지 저승사자가 나타났어.
"너를 데려가려고 왔는데
고생하는 모습을 보니 차마 데려가지 못하겠구나.
앞으로도 고생을 참으며 살면
백 살까지 살 수 있도록 해 주마."

두고도거지는 깜짝 놀라서 벌떡 일어났어.
그런데 저승사자는 보이지 않고,
스님도 온데간데없네.
"어? 이건 뭐지?"
스님이 있던 자리에는 옥피리가 하나 놓여 있었어.

두고도거지는 옥피리를 들고 길을 떠났어.
"그래! 이제 혼자 힘으로 살아 보자."

두고도거지는 산을 넘고 넘어
한 마을에 도착해서 가장 큰 집을 찾아갔어.
그러고는 대문을 열고 성큼성큼 걸어 들어가
집주인에게 넙죽 절을 했지.
"이 집에서 머슴살이를 하고 싶습니다."
"그래? 대신 게으름 피우면 쫓아낼 것이다."
두고도거지는 열심히 일했어.
논밭도 갈고, 마당도 쓸고,
외양간 소똥도 치우고…….

그런데 주인집 첫째 딸과 둘째 딸이
두고도거지를 자꾸 괴롭히는 거야.
첫째 딸은 두고도거지를 귀찮게 했어.
"두고도거지야, 세숫물 좀 떠 오너라."
두고도거지가 물을 떠 가면,
"물이 왜 이렇게 찬 거야!"
하고는 두고도거지 얼굴에 물을 쫙 끼얹었어.

쯧쯧, 불쌍해라!

둘째 딸은 하나하나 트집을 잡았어.
"아니, 마당을 잘 쓸어야지. 이게 뭐야?"
콩알보다 작은 돌을 안 쓸었다고
버럭버럭 화를 내곤 했지.

하지만 셋째 딸은 달랐어.
두고도거지의 머리를 싹싹 빗어 주기도 하고,
옷이 떨어지면 바느질도 해 주었지.

그러던 어느 날, 이웃 마을에서 잔치가 열렸어.
첫째 딸이 두고도거지에게 소리쳤어.
"두고도거지야, 어서 말을 끌고 오너라."

"높아서 못 타니 네가 말 아래 엎드려라!"
두고도거지가 무릎을 꿇고 엎드리자,
첫째 딸이 등을 밟고 훌쩍 올라탔어.
둘째 딸도 등을 밟고 다른 말에 훌쩍.
셋째 딸은 두고도거지를 일으켜 세웠어.

셋째 딸이 두고도거지에게 말을 주며 말했어.
"난 걸어서 갈 테니 이 말을 타고 와요.
맛있는 음식을 감춰 놓을 테니 잔칫집에 와서 먹어요."
"아가씨, 고마워요!"
두고도거지는 냇가에서 목욕하고, 머리도 싹싹 빗었어.
그러고는 어머니가 주신 비단옷을 입고,
옥피리를 들고, 따각따각 말을 타고 잔칫집으로 갔지.

두고도거지가 옥피리를 불며 잔칫집에 들어서자
사람들의 눈이 휘둥그레졌어.
"우아, 하늘에서 내려온 신선인가 봐."
"정말 멋지고 늠름한 젊은이야."
누구도 이 청년이 두고도거지인 줄 알아채지 못했지.
그때 셋째 딸이 웃으며 말을 걸었어.
"비단옷과 옥피리는 어디서 났어요?"
셋째 딸만 두고도거지를 알아봤던 거야.

29

두고도거지는 셋째 딸에게 청혼을 했어.
"사실 나는 정승댁 아들이오.
마음씨 고운 당신을 아내로 맞이하고 싶소."
셋째 딸이 빙그레 웃으며 고개를 끄덕였어.
그러고는 머리를 참빗으로 빗어 주었어.
두고도거지는 누워서 솔솔 잠이 들었지.
잠결에 다시 저승사자가 나타나서 말했어.
"수많은 고생을 참아 냈으니 오래오래 살 수 있을 것이다."

얼마 뒤, 혼인 잔치가 열렸어.
금으로 수놓은 비단옷을 입은 신랑이
옥피리를 불며 말을 타고 나타났어.
신부는 연지곤지 찍고 활짝 웃고 있었지.
"우아, 참 잘 어울리는 신랑 신부군."
모두들 기뻐하며 축하해 주었어.
"흥, 이럴 줄 알았으면 내가 머리 빗겨 줄걸."
"흥, 이럴 줄 알았으면 내가 옷 기워 줄걸."
첫째 딸과 둘째 딸만 입을 삐죽거렸대.

두고도 거지 작품해설

〈두고도거지〉는 정승의 아들이 빨리 죽을 운을 타고난 걸 스님이 알고 도와주어 아들이 집을 떠나 많은 어려움을 겪고서 행복하게 오래도록 살게 되는 '연명 설화'의 하나입니다. 연명 설화에는 '이른 죽음' 즉 '단명'을 하게 될 소년과 그 소년의 부모와 소년의 단명을 알아보는 신비한 사람이 등장합니다. 이야기 속에 소년의 단명이 알려지고, 오래살 수 있는 방법을 찾고, 정말로 오래 살게 되는 세 가지 장면이 꼭 들어가지요.

이 이야기에서는 정승의 아들이 스님을 통해 아들의 단명을 알게 됩니다. 스님과 함께 집을 떠난 아들은 '두고도거지'라는 이름을 받습니다. 거지 같은 누더기를 입고 머슴처럼 열심히 일하며 살아가지요.

그러던 어느 날 스님이 사라지고 그 자리에 옥피리만 남자, 두고도거지는 길을 떠나 부잣집의 머슴으로 들어갔습니다. 부자의 세 딸 중 첫째와 둘째는 두고도거지를 무척 괴롭혔지만 셋째 딸은 두고도거지에게 늘 친절했습니다. 하루는 세 딸이 참석한 잔칫집에 셋째 딸이 빌려 준 말을 타고, 어머니가 준 비단옷을 입고, 옥피리를 불며 들어가 사람들을 깜짝 놀라게 했습니다. 누구도 두고도거지를 알아보지 못했지만 셋째 딸만은 누군지 금방 알아내었지요.

마침내 두고도거지는 셋째 딸에게 자기가 정승의 아들임을 밝히고 청혼을 했습니다. 뿐만 아니라 저승사자에게 그동안 고생을 잘 참았으니 오래오래 잘 살 거라는 말도 들었습니다. 두고도거지와 셋째 딸은 멋진 혼인식을 올렸답니다.

〈두고도거지〉에서 소년은 많은 어려움을 겪으며 단명이라는 자신의 운명을 씩씩하게 이겨 내고 마음 고운 아가씨와 혼인식까지 올립니다. 이 이야기는 열심히 노력하면 도저히 어쩔 수 없을 것 같은 죽음까지도 이겨 낼 수 있다는 희망과 교훈을 줍니다. 노력만큼 중요한 게 없음을 옛사람들도 잘 알고 있었나 봅니다.

꼭 알아야 할 작품 속 우리 문화

저승사자

저승사자는 죽은 사람의 넋을 저승으로 데려가는 심부름꾼이에요. 저승을 다스리는 염라대왕의 명령을 받아 이승과 저승으로 오고 가며 죽은 사람들이 길을 잃지 않고 저승까지 잘 갈 수 있게 돕는답니다.

옥피리

피리는 입에 물고 세로로 부는 악기예요. 옥피리는 옥을 깎아 만든 피리로, 워낙 귀하고 만들기도 어려워 찾아보기가 무척 힘들답니다. 조선 시대 사람들은 옥피리가 병을 치료하고 적을 물러나게 하는 신비한 힘을 가지고 있다고 여겼어요.

머슴

옛날에 머슴은 자기를 고용한 사람의 집에 살며 새경을 받고 일을 해 주었어요. 새경은 한 해 동안 일한 대가로 머슴에게 주는 돈이나 쌀 등이에요. 머슴 일을 잘 하는 상머슴은 새경을 더 많이 받았고, 일을 잘 못하는 어린 머슴은 새경을 조금만 받았어요.

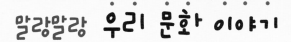

말랑말랑 우리 문화 이야기

부잣집 아들은 오래 살기 위해 스님을 따라나섰지요. 그리고 거지처럼 지내다가 머슴이 되었어요. 먹을 것과 입을 것을 동냥해서 살아가는 사람을 '거지'라고 한답니다.

복을 빌어 준 거지

거지들은 남의 돈이나 음식을 거저 얻어먹지 않고 악기를 치며 노래를 하는 것으로 밥을 빌었대요. 또 마을이나 장터로 내려온 스님들도 목탁을 치며 복을 빌어 주고 밥을 얻어먹었어요.

거지가 북적북적

옛날에는 거지가 꽤 많았다고 해요. 전쟁이 난 뒤에나 홍수, 흉년 등으로 갑자기 집을 잃고 거지가 되는 사람들도 있었어요. 또 농사지을 땅이 없어서 거지가 되기도 했대요.

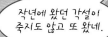

작년에 왔던 각설이 죽지도 않고 또 왔네.

일부러 거지가 된 백제의 무왕

애들아, 소문이 나도록 노래를 많이 불러 주렴.

백제의 무왕은 신라의 선화 공주를 아내로 맞기 위해 거지로 꾸미고 신라로 들어갔어요. 그리고는 아이들에게 서동요라는 노래를 부르게 했지요. 결국 무왕의 생각이 맞아떨어졌다고 해요.

무리 지어 다닌 각설이 패

거지는 무리를 지어 다니기도 했어요. 그런 거지 무리를 각설이 패라고 했지요. 각설이 패는 시장이나 길거리, 잔칫집을 돌아다니며 노래를 불러 주고 밥을 얻어먹었어요.

괜찮아요. 아멘!

신부님, 거지 차림을 하게 해서 죄송해요.

거지 차림으로 들어온 신부님

조선 후기 때에 외국인 천주교 신부들은 조선에 몰래 들어오기 위해 거지로 꾸몄대요. 그 당시에는 나라에서 천주교를 믿지 못하게 했기 때문이에요. 거지로 꾸민 신부들은 두만강 국경을 넘어 조선으로 들어왔어요.